Ce livre appartient à :

NOLA

Une série TV d'animation produite par STUDIOLITO (© Studiolito - Blue Spirit Animation - 2012).
D'après un personnage créé par Domitille de Pressensé,
adapté des albums «émilie» de Domitille de Pressensé (© Casterman).
Bible littéraire Domitille de Pressensé |Réalisation Sandra Derval | Musique originale et paroles Mathias
Duplessy | avec la participation de France Télévisions | Dans le cadre du Pôle Image Magelis, avec le
soutien du Département de la Charente, de la Région Poitou-Charentes en partenariat avec le CNC | avec
le soutien de la Procirep-Société des producteurs, de l'Angoa | avec la participation du Centre National
du Cinéma et de l'image Animée.

D'après l'épisode de la série animée Emilie «Emilie et les marionnettes», écrit et adapté pour la présente
version par Domitille de Pressensé.
Achevé d'imprimer en février 2014, en Chine.
Dépôt légal : juin 2014 ; D.2014/0053/157.
Déposé au ministère de la Justice, Paris (loi n°49.956 du 16 juillet 1949)
ISBN 978-2-203-08114-7
L.10EJDN001347.N001

émilie

Les marionnettes

d'après un personnage de Domitille de Pressensé
mise en pages : Guimauv'

Aujourd'hui, Emilie et Stéphane

organisent un spectacle

de marionnettes !

Les cousins sont très excités.

Les quatre enfants entrent
vite dans la chambre
de Stéphane et s'installent
confortablement.

Emilie tape avec le balai.

Pan ! Pan ! Pan !

Attention, le spectacle

va commencer.

Les rideaux s'ouvrent.

Une marionnette apparaît :

- Bonjour les petits enfants !

Nicolas s'énerve :

- Eh ! Petite toi-même !

- Ah ! Tais-toi, Nicolas, ou bien
tu sors ! grogne Stéphane.

Emilie ajoute :

- Si tu parles, on ne peut pas
raconter notre histoire.

- Bon... ça va! Je ne fais plus

rien! Je n'applaudirai

même pas!

Le spectacle peut reprendre.

La maman marionnette crie :

- Au secours !

Mon bébé a disparu !

- Ne pleurez pas, madame.

Je suis monsieur Gentil.

Je pars tout de suite à la

recherche de votre bébé.

-Grrr! Raaa!

Soudain, un **ogre** surgit

tout près de monsieur Gentil.

Poum ! monsieur Gentil

l'attaque courageusement :

- Qu'y a-t-il dans ce grand sac ?

Répondez-moi, **monsieur l'ogre !**

Poum !
- Aïe !

Poum !
- Aïe !

Poum !
- Aïe !

Emilie frappe très fort

avec la marionnette.

- Arrête, Emilie ! Tu tapes

sur ma main ! crie Stéphane.

- J'ai pas fait exprès !

- Et voilà, le spectacle est tout

raté !

Les cousins s'approchent.

Emilie et Stéphane se

disputent vraiment très fort.

Ils font même bouger

la table et les rideaux.

Tout commence à tomber...

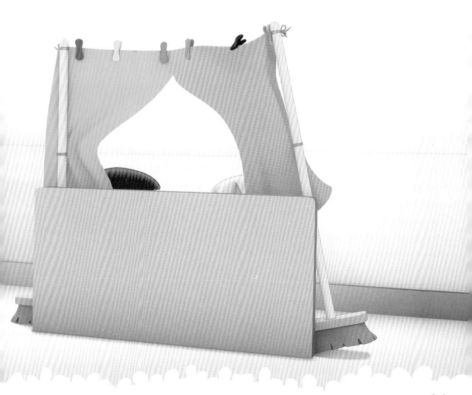

Catastrophe !

Le théâtre est cassé !

- On avait tout bien préparé

pour vous, se désole Stéphane.

Guillaume demande :

- Dis, Emilie, est-ce que c'est

le bébé qui est dans le sac de

l'ogre ? Je veux savoir, moi...

Stéphane s'exclame :

- Tu as raison, Guillaume.

C'est important de connaître

la fin de l'histoire !

- Allez, les cousins, on répare

le théâtre ! dit Nicolas.

- Oui ! répondent les enfants

très excités.

Le spectacle peut continuer.

- Qu'y a-t-il dans ce sac ?

Répondez, **monsieur l'ogre** !

Poum ! Poum !

Cette fois, monsieur Gentil

assomme bien l'ogre.

Le sac tombe et s'ouvre...

Le petit bébé apparaît !

- Je suis sauvé !

Merci monsieur Gentil !

- Bravo! Bravo!

crient les cousins ravis.

Et voilà ! C'est fini !

Le spectacle est terminé.

C'était trop bien.

Il faudra recommencer !

Pour jouer avec Emilie, utilise des crayons de couleur.

Complète l'affiche en trouvant le bon mot dans le rectangle, puis recopie-le.

Aujourd'hui,
spectacle de

....

maroinnettes   marionnottes
marionnettes   moriannettes

Ajoute les bonnes lettres pour trouver
ce que dit Emilie.

▌ = t

☐ = a

● = e

no▌re be☐u

sp●ct☐cle ●st

▌ou▌ r☐▌é

À qui appartient chaque paire
de vignettes ? Relie-les au nom
de la marionnette.

• maman

• monsieur Genti

• ogre

• bébé

Aide-toi des voyelles ci-dessous pour
terminer les mots.

Titres disponibles